Sann

ISBN 978-2-211-23019-3
Première édition dans la collection *les lutins* : septembre 2016

Loi numéro 49 956 du 16 juillet 1949 sur les publications
destinées à la jeunesse :octobre 2014
Dépôt légal : septembre 2016
Imprimé en France par GCI à Chambray-lès-Tours

Chen Jiang Hong

# Sann

les lutins de l'école des loisirs
11, rue de Sèvres, Paris 6e

Le village de Mung était cerné par trois hautes montagnes.
Une nuit d'été, au cours d'un orage,
une terrible avalanche de pierres
recouvrit tous les champs fertiles du village.

Le conseil des anciens se réunit, et décida qu'il valait mieux quitter la vallée. Tous les habitants dirent au revoir à leurs maisons et s'en allèrent. Seule resta la famille Sima. Quelques-uns de leurs champs avaient été épargnés, et ils attendaient la venue d'un bébé d'un jour à l'autre.

Le bébé naquit trois jours après l'orage.
C'était un garçon, qui sortit du ventre
de sa mère avec un grand sourire.

« C'est très mauvais signe, un enfant qui ne pleure pas en venant au monde », dit la grand-mère.
Le père regarda son fils avec inquiétude.
« C'est un beau garçon, dit la mère. Nous l'appellerons Sann. »

Sann grandit. Le matin, sa mère l'emmenait jusqu'aux champs restés cultivables, de l'autre côté de la montagne.
C'était un trajet long et difficile. Chaque jour, Sann entendait sa mère soupirer : « Si seulement cette maudite montagne pouvait disparaître… »

Pour son sixième anniversaire, sa mère lui offrit
un grand oreiller brodé en forme de dragon.
Cette nuit-là, Sann fit un rêve étrange…

Un matin, la mère de Sann se trouva si épuisée qu'elle ne put aller travailler aux champs. Le père s'assit près d'elle. Lui aussi était à bout de forces. « Je vais déplacer la montagne ! » s'écria Sann. Mais ses parents ne l'entendirent pas. « Je vais déplacer la montagne ! cria-t-il plus fort.

– Tu rêves, mon garçon, c'est impossible, lui dit son père en secouant la tête. Dix mille hommes n'y suffiraient pas.

– Je vais travailler tous les jours, toute ma vie, s'il le faut. Et je réussirai », dit Sann.

Le jour suivant, une pioche à la main et un tonneau accroché sur son dos, Sann quitta la maison alors que ses parents dormaient encore. Il attaqua le roc avec sa pioche. Puis il jeta les morceaux dans son tonneau et les transporta à l'écart du village, vers le nord.

Il n'avait plus que cette idée en tête.
Jour après jour, il taillait dans le roc,
mettait les morceaux dans son tonneau
et les transportait vers le nord.
« Je déplace la montagne », se répétait-il.

« Cet enfant a perdu la raison, se lamentait la grand-mère.
Je savais bien qu'il était né sous un mauvais présage.
– Mon fils n'est pas un garçon comme les autres », répondait la mère.

Arriva l'hiver. C'était un hiver particulièrement rigoureux,
mais rien ne pouvait arrêter Sann. Jusqu'au jour où une bourrasque glacée le renversa.
Entraîné par le poids de son tonneau, il dévala une pente enneigée.
Sa mère le ramena à la maison, le réchauffa, et elle le garda près d'elle jusqu'à ce qu'il s'endorme.

Le printemps revenu, la montagne était toujours là.
Mais les premiers rayons du soleil donnèrent du courage à Sann.
Un jour, en creusant la roche, il trouva l'entrée d'une petite grotte
où poussaient d'étranges champignons parfumés.

Au fond de la grotte, un étroit passage conduisait à une grotte plus grande. Dans la pénombre, Sann découvrit un vieil homme avec une longue barbe blanche. « Que fais-tu ici ? lui demanda le vieil homme.
– Je déplace la montagne, répondit Sann.
– Oh, fit le vieil homme, et il tortilla sa barbe trois fois autour de son index. Bois ce thé de champignon, il te donnera de la force. Et reviens demain. »

Après avoir quitté le vieil homme, Sann retourna à son travail.
Le vieil homme le suivit. Il fit le tour de l'immense tas de pierres,
et en choisit trois qu'il mit dans sa poche.

Le lendemain, Sann retourna voir le vieil homme, qui lui offrit à nouveau du thé.
Derrière lui, sur un drap rouge, Sann aperçut les trois pierres.
« Toi aussi, tu ramasses les pierres ? lui demanda-t-il, tout excité. Tu vas m'aider à déplacer la montagne ?
– Trois est le bon chiffre, répondit seulement le vieil homme en tortillant sa barbe autour de son index.
N'oublie pas de revenir demain. »

Chaque jour, Sann rendait visite au vieil homme, et, chaque jour, le vieil homme le suivait en secret.

Le tas de pierres que Sann avait amassées était devenu gigantesque.

Une nuit, le vieil homme n'alla pas se coucher. Il resta assis, les jambes croisées et se concentra de toute la force de son esprit. Au lever du jour, il partit attendre Sann. « Tu es en retard, lui dit-il. Aujourd'hui, c'est la dernière lune de l'automne. Il faut monter plus haut et rendre hommage au ciel. Prends ce sac dans ton tonneau, et suis-moi. »

Ils marchèrent jusqu'à la tombée du jour.
Ils arrivèrent sur une grande terrasse rocheuse, en face des trois montagnes.
Le vieil homme ouvrit son sac rouge, il en sortit trois champignons parfumés
et les trois pierres qu'il avait ramassées au printemps. Il remplit trois verres d'alcool de riz
et jeta le premier vers le ciel, le deuxième vers la terre et le troisième dans le vent.
« Maintenant, allume l'encens et incline-toi pour honorer le ciel », dit le vieil homme.

C'est alors qu'un grand vent se leva. Le ciel s'assombrit brusquement, d'étranges nuées s'approchèrent et l'air s'emplit d'une sorte de rugissement. Soudain, trois grands éclairs déchirèrent la nuit.

Dans le ciel noir, apparurent trois dragons blancs. Ils se mirent à tournoyer autour des montagnes, en crachant de longues langues de feu.
Leurs cris étaient assourdissants.

La terre trembla,
et, sous les yeux ébahis
de Sann,
les trois dragons
arrachèrent
les trois montagnes
de leurs griffes puissantes,
et les emportèrent
vers le nord.
Puis, d'un seul coup,
le calme et le silence
revinrent.

La mère de Sann n'avait pas fermé l'œil de la nuit.
Elle savait que les puissances célestes étaient venues récompenser son fils.
Au lever du jour, elle lui prépara un repas et l'attendit devant la porte.
Quand Sann arriva, elle le serra longuement dans ses bras.
« Mon fils, dit-elle, tu as déplacé la montagne. »